길을 잃고 일박

길을 잃고 일박

초판 1쇄 발행 | 2023년 6월 26일

지은이 | 조동례
펴낸이 | 황규관

펴낸곳 | (주)삶창
출판등록 | 2010년 11월 30일 제2010-000168호
주소 | 04149 서울시 마포구 대흥로 84-6, 302호
전화 | 02-848-3097
팩스 | 02-848-3094

길을 잃고 일박

조
동
례

시
집

삶창

두 번째 시집 내고 10년 만이다.

그 세월 속에는,

지진 7.0의 흔들림에도

총기 사건 현장에서도

식인 곰 그리즐을 만났어도

죽지 않고 살아남은 알래스카의 삶이 들어 있다.

극한 속 칼날 위의 삶이 책으로 나올지는 모르겠지만

제 무덤 자리에 알을 낳으러 가는 연어처럼

모든 흔적은 본래 자리로 돌아가고

시절 인연으로 독자가 세운 시비(詩碑)는

남은 생의 주춧돌이 될 것이다.

2023년, 여백정원에서

차례

1
부

초승

몸이 무거워지면 달은
허공에 갈아 날을 세운다

죽고 사는 문제로
장님 벙어리 귀머거리 한세월

날이 서면
어둠을 베어 자신을 밝힌다

과거를 벗다

과거에 만난 첫사랑
그대를 만난 뒤 지워요
첫사랑을 지우면 모두 첫사랑
변화를 받아들이며
자작나무는 허물을 벗지요
이 세상의 조건을 벗고
추울수록 뜨거워진 몸으로
수목한계선을 넘고 싶다는 것
살 날이 많지 않아서
허물 많은 나도 과거를 벗고
넘지 말아야 할 선을 넘고 싶어요

길을 잃고 일박

벼랑 끝
흔들리는 저 꽃
뿌리 내렸다는 증거다
바람 불어도
뽑히지 않을 자신 있다는 것이다

몸 낮춰 벼랑에 눈길 보내는
나는 지금 무아지경
언제든 떠날 준비가 된 사람처럼
슬프지도 아름답지도 않은
나만 알아듣는 신호에 답하며
낯선 곳에서 잠을 설치는
나의 사랑은 이제 이분법

내 마음 두드리며
설레게 했던 것들은 다 어디로 갔나
길 끝의 허무를 알면서도
휘청휘청 이슬 짙어지고

해 뜨기를 기다리는 풀잎처럼

그 많은 설렘을 그냥 보내고도

여기까지 왔으니

흔들리고 흔들려도

낯설어서 생은 살 만한 것이다

잔뼈가 굵어서

떠돌 만큼 떠돌다보니
나도 이제 닳고 닳았다

눈물이 값어치가 없다는 걸 알았고
쉽게 만나고 쉽게 잊는 법을 알았다
뿐인가 위기에는 내가 나를 속이며
미사여구로 시를 써서
밥벌이 할 궁리로 늙었다

낭만은 현실보다 느려서
죄 짓고 스스로 용서하는 법도 알았으니
노을빛이 타오르면
외로웠던 날들이 환장하게 서러울 것이다

파도는 제풀에 부서진다는 걸 알 나이
추억 같은 건 거두절미하고
모진 맘 먹을수록
미련은 불쑥불쑥 새순 치겠지만

잊지 말자 고통은 네 것도 내 것도 아니라는 것
이제 나는 잔뼈가 굵었다

휴휴암에 들어

아플 만큼 아프고 나면
사는 게 예사로워져서
파도가 파도로 버티는 일
잠깐이란 걸 알겠네

가난이라는 천적을 피해
여기까지 왔으나
살 날 가만히 헤아려보니
마지막 천적은 외로움

외로울 만큼 외롭고 나면
사는 게 홀가분해져서
그대 잊는 일 또한
잠깐이면 좋겠네

파도치는 영혼이
영원히 물로 돌아간다면
안심이겠네

같잖은 나이에

좀생이도 호기로운 짓도
한때의 일이라고

끓어올랐던 분노도 사랑도
젊은 탓으로 돌리고

남은 생 노인정에서
화투 패나 돌리며 조용히 보내자는데

그것도 여의치 않은 것은
일흔셋에 형들 심부름이나 하게 생겼냐고

쪽팔려서 억울해서 펄펄 날뛰다가
집 밖을 배회하는 것도 하루 이틀

쪽팔려서 억울해서 날뛰는 일이
죽을 때까지 살아갈 힘인 줄도 모르고

봄을 기다리며

겨울 불두화 앞에 서면
뿌리가 되고 싶다
떠돌던 마음잡고
가보지 않은 길을 가겠다는 것

떠나고 더러는 보내고
가벼운 대궁으로 남아
흔들려도 쓰러지지 않는 것은
가진 것 없어도 절망하지 않는 것은
꿈은 뿌리에 있기 때문

집도 절도 아닌 주천강 하류
겨울 불두화 앞에 서면
뜨거워서 월동하는
다년생 뿌리가 되고 싶다

제비꽃해우소

쓰다만 시를 화두 삼아
산에 오르는데
지금 근심은
큰 볼일 해결하는 일
사람들 눈을 피해
거대한 바위 밑 우묵한 자리
은둔하기 좋은 곳
엉덩이 까고 앉아 올려다본 순간
불안과 두려움이 별안간 굴러떨어져
평생 지은 죄 까먹기 좋고
평생 지은 공덕 무너지기 쉬운 곳
제비꽃이 천진난만 피어 있다

돌꽃

뒷집 폐가
똥간 허물어진 돌 주워다
꽃밭을 만들었습니다
그만그만한 꽃
피고 지고 피고 지더니
돌에서 꽃향기가 났습니다

철없는 꽃

꽃밭 가꾸는 당신 몸은
흙투성이로 더러워지는데
나는 자꾸 깨끗한 꽃이 되려 합니다

추위에 강하고 번식 잘 되면
아무 걱정 없을 거라는데
철 지나 돌아보니 허물만 남아
허망하다 허망하다 세월 탓입니다

그럼에도 불구하고
철없는 꽃을 꽃답게 가꾸느라
상처투성인 당신 가슴에는
지지 않는 꽃 피었습니다

다시

시를 쓰려는데
외롭고 슬프고 아프고 서러운
당신이 시입니다

다시 시를 쓰려는데
만나고 헤어지는
당신마다 시입니다

서로 주고받을 것도 없는
삶과 죽음에 대해
시를 쓰려는데

과거와 미래 사이를 비집고
싹튼 것들이
다 시입니다

일부터 저지르고 싶은 날

꽃밭에 잔설은 서둘러 녹는데
꽃피는 데 아무짝에도
쓸모없는 꿈들이
썩지 않는 악에 받쳐서
봄은 뒷전이고 화냥기만 후끈하다

뒤안 대숲에서 휘이 휘이
새벽잠 깨우는 호랑지빠귀여
예순 몇 해 허무가
천 길 벼랑 끝에 밀려오면
꿈속에서 애무하던 시도 버리고
뜨거운 방으로 나를 몰아갈까?

하루를 부추기는 이 새벽에
물거품 같은 세월은 봄에 맡기고
몸속에 자유로운 영혼이 있는 한
오늘뿐인 오늘은 나도
하고 싶은 일부터 저지르고 싶다

눈길에서

잊고 싶은 것들이 잊히지 않아서
눈길을 걷는 아침
등과 가슴을 번갈아 보이다가
혼자 마음 접으면
떠나고 말 것도 없는 것인가
용서할 수 없다고 했다가
용서할 수도 있다고 했다가
눈송이들이 감쪽같이 숨겨놓은 길
잊고 싶은 것들은 왜
보이지 않아도 잊히지 않는 것인지
풀숲에 숨어 있던 고라니 한 마리
후다닥 길 없는 길을 가고
후다닥 뒤따라가고
저것들 잊을 수 없는 사이구나
잊히지 않는 길을
뒤따라가는 일은 불행한 일이다
다시 만나는 일은 더 불행한 일이다
한 생각은 어디에서 오는가

녹다 만 눈이 지긋지긋 녹아서
돌아가는 길이 진창이다

거머리

언제 어디서 달라붙었는지 발등에 거머리 한 마리
발등 찍힌 것은 아니지만 징그럽고 혐오스러워 서둘
러 잡아떼는데 악착같이 달라붙는 찰거머리다 실랑이
끝에 피를 채운 몸통은 떨어졌으나 빨판은 혈관 타고
몸속 구석구석 돌아다녔다 눈에서 떼어내면 입으로 가
고 귀로 코로 구멍마다 달라붙어 피를 빨았다 눈에 보
이는 대로 떼어도 새끼 치며 늘어나는 거머리들 꿈이
라서 다행이었지만 어쩌면 지나간 사랑에 대책 없이
꿈틀거리는 욕망들 토막토막 절단해도 죽지 않는 집
착들 아직 내 안에 살아 있는 또 다른 나였다

밥상 앞에 두고

세상에는
하늘에 순응하고
땅을 믿고 사는
바보가 있다

아는 게 없는
어리석은 사람 말고
알아도 아는 체
나서지 않는 바보

내 영혼이
아프다 아프다 지칠 때

세상에서
가장 아름다운 바보를 만나
밥 먹고 싶다

2

부

신귀거래사

출세한 사람은 바빠서 못 가고
실패한 사람은 쪽팔려서 못 가는 고향
낯선 철새들 날아들자
사람들은 논밭에 그물을 쳤다
대대로 내려온 농사 넘보지 말라고

말 못 할 사연들
발붙일 곳 없는데

가뭄 태풍 장마 다녀간 들판
발자국이란 발자국 다 지워지고
이제는 사람 그리워
촘촘한 그물 걷고
아까운 곡식도 뿌려주며
철새들 제발 오시라고
가끔 고깃덩이도 던져주는
싹수 노란 고향이더라

겨울 담벼락에 기대어

아무것도 하지 않아도 되는
아무것도 하지 않아도 사는
일흔하나 여든다섯 아흔하나 예순셋
노인정 담벼락은 정남향
생년 다른 얼굴들이 도착했다

밀차마다 볕은 차별 없이 내리고
늙은 호박 같은 해도장 찍으며
어젯밤 빈집 하나 늘었다는
입을 봉하는 시간이 길어지면
저마다의 용량으로
죽음에 대한 내공이 쌓여가는데

햇살 좋은 오늘은 나도
이웃으로 두고 싶은 누군가를 생각하며
정남향 담벼락에 기대어
볕을 쬐고 있다

뿌리가 반이나 드러난 당산나무 아래서

둘이 만내 갖고 머시마 둘 가시내 여섯 맹글어 워떻
케든 살아보것다고 뭣을 허든 묵고 살 일이면 했제라
우 물려받은 것이라곤 몸뚱이 하나라 틈만 나면 호맹
이 들고 밭에서 살았응께 말헐 것도 없어라우 고롱코
롬 살다봉께 넘의 집 품앗아 놓고 품값 못 건진 날이
하루 이틀이간디 아 그놈의 풀들은 또 어찌나 억센지
사람 잡게 생겨서 돌팍으로 눌러놔도 살아나고 오감
서 뵙고 댕겨도 소용 없어라우 시방도 풀이라면 징글
징글허요 그래도 그것들이 봄이 온지 젤 몬저 압디다
속에서 천불이 나면 어먼 풀한테 속풀이 함서 맸제 넘
들이 나보고 풀폭시 뽑는 디는 귀신이라고 안 허요 이
제 봉께 해찰 안 허고 전디고 산 것이 어디냐 싶소 새
끼들 목구멍에 묵을 것 넘어가는 것만 봐도 오져서 그
재미로 살아집디다 끼니 때면 입이 여덟이라 양푼비
빔밥에 머리 박고 서로 묵을라고 쌈박질 안 허요 묵을
것만 보면 허천나게 대들던 그때는 원 없이 멕여 보는
것이 소원이었는디 그 생각만 허면 시방도 맴이 짠 허
요 배가 등짝에 붙어도 씨나락 챙겨 놨다 숭구고 안 살

았소 포도시 겨울 넘기먼 쑥지나물 취나물 달룽개 또
머시냐 집 밖에 먹을 것이 천지여도 몸뚱이가 한 개라
손이 열 개였으먼 싶었제라우 아따 나물 생각헝께 입
안에서 꼬슨 내가 끈혀요 시방은 쟁겨놓고 묵어라 묵
어라 해도 묵을 사람이 없어서 남아도는 시상인디 위
매 그때는 묵고자픈 것도 왜 고롱코롬 많은지 몰라 그
래도 성제간에 우애가 좋아서 궂은일 있으먼 씨리 도
와감서 산 것이 아슴찮허요 고롱코롬 험한 시상 살다
가 포도시 사람거치 살아볼랑가 싶었드만 인자 사람
이 없어라우 시방은 집이 남아돌아도 외나 바깥으로
나가는 시상이라 이무롭게 댕길 이우제가 없당께

　엄마가 살아 계신다면 이런 넋두리라도 들어드리고
싶은 마음에
　뿌리가 반이나 드러난 고향 당산나무 아래서 발길
오래 머뭅니다

옷 갈아입을 때가 되어서야

호미를 깜빡깜빡 잃어버린 해부터 엄마는
무언가를 숨기기 시작했다
변변한 옷 많아도 변변찮은 옷만 입어
미어터지는 장롱 속에 옷을 감추었다
새 옷이 늘어날수록
오빠는 꽃구경 가자고 들렀던 고향집
이따금 장롱 속이 궁금했으나 나는
키 작은 엄마 옷은 맞지 않아서
버스 탈 시간 맞춰 나가기 바쁘고
방 안에선 곰팡이가 슬기 시작했다
손해 본 듯 마음 쓰며 살아야 한다고
신신당부도 희미해질 무렵
끝내는 밭으로 가는 길도 잃고
요양병원에서 몸만 축내고 있을 때
여동생 불러 장롱을 들어냈다
엄마는 저승길이 멀다고 생각했을까
죽을 때까지 입고도 남을 옷들이 나오고
엄청난 비밀인 듯

마지막에 나온 삼베 뭉치 하나
펼쳐보니 딱 한 벌인데
이승에선 바빠서 옷이 되지 못하고
옷 갈아입힐 때가 되어서야
영원히 날아갈 날개가
들통난 것이다

무등산

가끔 산은 구름을 목에 건다
넘지 말아야 할 선을 넘을 때마다
모호한 것들을 덮어주고 싶은 것이다

사라진 못

두 개의 눈을 가진 사람들과 다르다는 이유로
하나밖에 없는 난 못이었습니다
박힌 못을 빼기 위해 어머니는
치마폭으로 거짓말을 감싸기도 하고
가슴을 까맣게 태우기도 하였으나
더 이상 숨을 곳 없는
못이 스스로 할 수 있는 일이란
쓸모없이 녹스는 일 녹아 사라지는 일
녹물과 핏물이 닮았다는 것이 서러웠습니다

한쪽 눈에서 멀리 달아날수록 못은 깊이 박히고

한눈팔지 말라고
실명한 자리에 박힌 어머니
눈물로 빼낸 뒤부터 나는
캄캄한 이면을 보는 눈 생겨
초승달이 둥글다는 걸 알았습니다

시시한 시인

양반 손발에 흙 묻히면 쌍놈이라고
오뉴월 풀들이 문턱까지 쳐들어와도
흰 옥양목버선에 긴 담뱃대 물고
헛기침으로 호령하던 할아버지는 양반이었다
양반 아닌 것들의 설움 같은 건 알 길 없고
보성강 감싸 도는 정자에 앉아
이쪽에서 운 띄우면 저쪽에서 그 운 받아 읊고
저쪽에서 운 보내면 이쪽에서 그 운 받아 읊는
할아버지는 타고난 한량이었다

가문의 뼈대였던 아버지
사흘 굶고 담 안 넘은 양반 있냐고
논밭 가리지 않고 갔으니
할아버지 법에 따르자면
천하에 몹쓸 쌍놈이 된 것
한량들의 깊은 뜻은 알 바 아니고
믿을 건 흙밖에 없어서
산을 허물어 밭을 만들었다

세월에 체면이 구겨진 할아버지
아버지 등에 업혀 흙으로 돌아가시고

어찌 어찌 시인이 되었으나 나는
실속 없는 할아버지 닮았다는 이유로
시에 대해 입도 뻥긋 못 하고
가문이 알아주지 않는
시시한 시인으로 전락했으니
양반이고 쌍놈이고 내 알 바 아니고
양벽정*에 들러 숭모제나 올려야겠다

* 전남 순천시 주암면 광천강변에 삼탄 조대춘이 지은 정자다. 이곳에서 하서
  김인후, 옥봉 백광훈, 송강 정철, 중봉 조헌 등이 교우하며 풍류를 즐겼다고 함.

아버지의 이별가

울지 마소 울지 마 이 사람아 울지 마 자네가 울면
내가 울어 내가 울면 자네가 괴로워 내가 자네한테 아
무것도 해줄 수가 없네 주고 싶어도 아무것도 줄 수가
없어 어쩌란 말인가 어쩌란 말인가 살아도 산 것이 아
니고 죽고 싶어도 죽어지지 않네 좋은 일만 허고 살아
온 자네가 왜 이런당가 죽고 사는 일이 내 맘대로 안
되네 아무것도 해줄 수 없어서 괴롭네 어쩌란 말인가
어쩌란 말인가 말할 수도 없는 자네 심정 내가 왜 모르
것는가 울지 마소 울지 마 자네가 아프면 내가 아파 내
가 아프면 자네가 아파 한숨 자고 집으로 가세 집으로
가 고향집으로 가세 이

눈코입귀 닫아버리고
호스에 매달려 눈물만 흐르는 어머니
가장의 자존심도 체면도 팽개치고
요양병원 관계자들 보거나 말거나
바닥에 무릎 꿇고 몸부림으로 우는 아버지

이것도 살아서 힘 있을 적 일이었다

다른 안목

왕의 부름 받고
한양 걸음 한 무학대사
국사를 감춘 누더기 행색에
문지기로부터 문전박대 당하고
의관 갖추니 칙사 대접하더라는
그 말 들은 것도 같은데

맹물 세수가 화장의 전부인 나
목돈 생겨 서울 나들이 나선 날
백화점 점원도 옷 가게 신발 가게도
짐짓 못 본 척
서울 오면 밥 한번 먹자던
너도 오늘따라 바쁠 것이므로
그 후 서울 가는 길 지우며 사는데

석가나 예수가 성인이 된 후에도
어릴 적 인식이 박힌 고향
길이 있어도 선뜻 나서지 않는 이유

어렴풋이 이해할 것도 같은데

어인 일일까
무학대사 누추한 토굴에는
예나 지금이나
고관대작이 문전성시를 이룬다지요

먼 길

월등할매 죽고
오래 비워둔 빈집에 들었더니
이웃들은 나를 월등댁이라 불렀다

보일러 기름 가스배달 시킬 때
골목 끝 회색 대문 번지를 대면
번지는 모르겠고 아 흰머리 월등댁

젊은 사람 반기는 것도 잠시
먼 후일 내가 여기에서 사라지면
뒤에 들어올 사람도 월등댁

제 무덤 자리에 알 낳는 연어처럼
봄꽃 지면 여름꽃 가을꽃 피어서
이별은 아쉬움이 아니라 설렘이더라

다시, 봄

미루던 꿈을 이루겠다고
홀홀단신 떠돌이 십수 년
부재중
있던 부모 없고
자식은 자식 낳고
빈 고향 집
속수무책 늙어간다

더 잃을 것도 없는 내가
탈탈 털어 시집 두 권
체면 세워 돌아와
삼대가 둘러앉은 밥상머리
꿈이 깨지 않았으면 좋겠어요
꿈은 멀리 있는 게 아니라
지금 이 순간이란 걸
어린 손녀에게 배우는
다시, 봄

사사로운 일

단순하게 살자고
산골 빈집에 든 지 몇 해
해마다 웃자란 것들
가지치기를 한다

앞서 설치는 것들은
어디에서나 눈에 띄기 마련
전화번호를 삭제하고
고요가 깊어지면
잘려나간 그리움이 새순 치겠지만
다 마음 떠난 허공이다

잘린 가지들
아궁이에 넣고 불 지피면
세상 물정 몰라도 따뜻해지는 저녁
그 재를 텃밭에 뿌렸더니
부추꽃이 피도록 산비둘기
애간장 녹이며 울더라

3
부

예말이오

비어가는 마을 오래 묵은 빈집에 들어가 행여 텃새
들 눈 밖에 날까 봐 옷깃만 스쳐도 깍듯이 인사를 했던
것인데 고향은 어디요 부모는 누구며 형제간은 몇이
냐 성까지 꼬치꼬치 묻는 것은 낯선 이에 대한 경계가
아니라 마땅한 호칭을 찾는 관심이란 걸 뒤늦게 알았
다 대개는 태어난 고향을 앞에 붙여 부르지만 정처없
이 떠돌며 살아온 내게 지명을 붙이기는 마땅찮고 새
로 이사 왔으니 새댁이라 부르세요 농쳤던 것인데 입
춘 무렵 아랫집 할매 뜬금없이 예말이오 한다 귀가 있
어도 알아듣지 못한 나를 향해 겨우내 묻어둔 무 몇 개
건네더니 오이 호박 풋고추를 따라오는 예말이오

밀차 오가는 전라도 산골 마을
마땅한 호칭이 없을 때
피붙이 같이 이우제 같이
이무롭게 살갑게 부르는
예말이오

저 절로 가는 길

담터 마을
늙은 집 하나에
늙은 사람 하나
오가는 이 없으니
저절로
중이고 부처고 절이다

머리도 깎지 않고
가사장삼 한 벌 없이

버스 탈 시간이 다 되어서야

산그늘 재촉하는 늦가을
버스 탈 시간이 다 되어서야
주머니가 비었다는 걸 알았다
여비 없어 허탕 치고 돌아가는 길
기다리는 사람은 멀리 있고
속이 허하면 왜 어깨부터 움츠러드는지
어차피 바람이나 쐬자고 나섰으니
어미 개가 새끼를 정성껏 핥아주는 것도 보고
올해 농사 쭉정이만 남았다는
대추나무집 한숨 소리 듣다 보면
사는 게 별것 아니다 싶은 저녁
이번에 내가 놓친 버스에는
더 먼 길 가는 사람들이 타고 있어서
가는 방향이 같다는 것만으로
서로 위로되겠지만
살아 있다는 한 생각만으로도 나는
두려움은 별것 아닌 것이 되어
다음 버스도 놓치고 싶은 마음에

길이 달빛처럼 환해졌다

저승 빛

버스가 멈추자
한 걸음 내딛고 한숨 돌리고
차만 녹슬간디 사람도 녹슬제
겨우겨우 올라와
교통카드 찾아 헤매는데
기사는 애 터지고 승객들은 조마조마
성질 급한 누군가가 벌떡 일어서더니

―내가 찍어 주께라
―언제 갚으라고요
―저 먼 데 가서 받제라 머
―그려 야무지게 적어놓씨요 이

졸지에 저승 빚 천오백 원
그것 받으러 저승까지 가겠느냐고
너도 나도 살아 있는 이승의 일이라고
애타던 승객들은 박장대소
기사 양반도 괜찮은지 출발 소리 힘차다

만

강물이 흘러가다 끝이다 하는 순간
받아주는 곳이 만(灣)이라 했다
연어가 짝을 만나려 가는 길
강이 강을 버려 바다를 안고
바다가 바다 버려 강을 안아
반쪽이 반쪽을 채우고 있다

삶이 흘러가다 끝이다 하는 순간
나, 만 왔다
더는 흐르고 자시고도 할 일 없는
너, 만 와라
바다를 벗어나 강을 거슬러
몸에 밴 짠물 다 빠질 때까지
사랑을 완성하려 가는 연어처럼

그늘의 힘

감자 캐낸 자리
옮겨 심은 배추 모종이 지쳐 있다
흙을 북돋고 물을 주어도 소용없이
그늘을 기다린다는 걸 뒤에 알았다

땅속에서 캐 놓은 감자가
양수를 빠져나온 갓난아이처럼
햇빛 보더니 파랗게 독이 올라
바깥세상에 눈독 들이고 있다

그늘에 두어야 색이 변치 않는 게 있다

아플 때 함께 있으면 마음이 편안한
그늘 깊은 사람 그리운 것은
햇빛에 지친 사람들
너도 나도 쉴 곳이 그늘이라서!

겸손한 배후

언 길에 미끄러지는 순간
오른팔 뼈가 부러졌다
매사에 설쳤던 오른손이 다치자
비로소 왼손이 아픈 곳을 돕고 있다
왼손이 떠먹여 준 밥을 먹는 동안
오른손은 지금
주장 강했던 독단적 행동을
뼈아프게 후회할 것이다
내 생각이 옳다고 믿었던 것들이
아집이란 것도 받아들일 것이다

언 길에서
그대의 부축을 받으며 생각한다
세상에 나서지 않는 것들이
나를 지탱하고 있다는 것을
묵묵히 곁에 있는 너였다는 것을

돈내

입이 있어도 말 못하는 타국 생활
쉰다섯에 말 배우려 학교 간다
알래스카 섞어찌개 같은 교실에서
백인 여선생이 이름을 묻는다
내 이름은 동례입니다
독례? 도그네? 덕네?
그것도 아니고 동례
아무리 반복해 말해도
본래 내 이름은 돌아오지 않는데
페루에서 온 고스빈다가 나를 부른다 도우네
시카고 베키가 혀를 더 굴린다 돌래
뒤이어 에밀리가 소리쳐 부른다 돈내
멕시코 도미니카 라오스 소말리아도
돈내 돈내 돈내 돈내
민주주의 나라에서
다수가 불러준 내 이름 돈내
이름은 부르기 쉬워야 제 이름이지
자본주의 이민국에서

개명 신청 안 해도 돈내다

포터늪 난장

추가치산맥 빙하 녹은 민물에
태평양 파도쳐 온 짠맛이 만나
포터늪에 난장이 들어섰다
바닷물이 몰고 온 어류 떨거지를
갈매기도 청둥오리도 한몫 거드는데
노점 자리 둘러보던 만삭의 연어는
자신이 낳은 알을 자릿세로 바쳤다

어쩌다 백조가 들어오는 날에는
한 밑천 잡을 것 같은 예감에
바람은 추가치산 절경을 펼쳐놓고
흰머리독수리를 앉혀보지만
날씨 변덕이 심한 탓일까
수초들은 수로 쪽으로 몰려가고
갈색 곰이 무스 가죽 한 벌을
자진 납부 영수증으로 놓고 갔다

민물과 바닷물로 칵테일 한 늪에

순천만을 닮아서 자주 가는 나
알래스카까지 오는 여정 생각해보면
이 바닥에서 살아남은 것들은
민물 짠물 섞일 줄 아는
진짜 맹물 맛을 아는 것이다

사냥꾼이 바뀌다

강이 얼면
개썰매 타고 사냥 나가고
녹으면 배 타고 낚시하고
넘치지도 모자라지도 않는 에스키모 삶

먹을 것이 넘쳐도 허기진 사람들이
돈을 가지고 왔다
사냥터가 거래되고
대낮에 대놓고 사냥꾼이 바뀌었다

사냥터는 놀이터로 장난감은 야생동물
탕 탕 탕

저물녘이면 원주민 마을에
의기양양 사냥꾼들 돌아와
전리품 들고 활짝 웃는다
인증샷이 끝나면 박제용은 사라지고
남은 사체 거두며

땡큐 땡큐 환호성 지르는 에스키모
예전에 그랬듯이
공평하게 나누어 먹는다

사냥도 낚시도 할 일 없는
원주민 마을에
시간이 남아돌고 돈은 쓸데없다
자, 뭐 할까?
술, 마리화나, 코케인은 어때?
그러다가 돈 떨어지면 구걸이나 할까?

철새

인공호수에 철새들 떠 있다
가진 것이라곤 몸뚱이 하나
날개는 접고
두 발은 물 아래 내려놓았다

돌을 던져도 총을 겨누어도
흔들리는 건 호수 안에서의 일

누군가 팝콘 봉지를 흔들자
젖 마른 어미가
피 마른 아비가
더 마를 것 없는 아이가
국적을 버리고
총보다 무서운 가난을 피해
물살 가르며 쏜살같이 몰려간다

갈 곳 많아도 갈 수 없는 외면은
세상에서 가장 높은 장벽

한쪽 날개엔 현재를
다른 날개엔 미래를 싣고
인공호수에 떠돌고 있다

팝콘이 떨어지자
쫓지 않아도 흩어지는 철새들 보았다

나무숲산개구리

빙하를 지척에 두고
제 몸을 얼려버린다는 나무숲산개구리
먹고 싸는 일마저 얼렸다가
언 땅 풀리면
기력 회복보다 짝짓기에 전념한다는데

죽어도 죽지 않는 이 비밀을 훔쳐 와
불멸을 꿈꾸는 냉동인간
괴로움을 잊기 위해 화려하게 살았던
육신을 얼려 다시 깨어나고 싶은 것이다

죽음이 없다면
종교는 무엇을 미끼로 삼을까
인간은 또 어디로 가나

영생을 꿈꾸는 냉동인간이여
과거를 파헤치며 빙하가 녹고 있다
새끼 칠 일도 없이

다시 짝짓기에 전념할 수 있을지
사랑을 떠난
오롯이 적응을 위한 부활이여

저문 길

밤낮 환한 백야 지나고
밤낮 캄캄한 알래스카 십이월
세상이 어두워지자
자동차들 쌍불 켜고 다니는데
불 켜는 걸 깜빡 잊은 차 한 대
티눈처럼 박혀 있다
앞차 따라 가는 동안 길 잃지 않겠지만
속도가 느려 앞차와 멀어지면
뒤차가 힘껏 불빛을 보내도
제 몸에 가려 어두운 길
앞이 캄캄해서야 비로소 불을 켠다

나도 내 눈 볼 수 없어
눈에 보이는 세상에 이끌려 살았다
어쩌다 거울 속 나 아닌 나를 흉내 내며
세상 보는 눈 세상에 맞췄으니
세상 모든 불빛 꺼져야
본래 나를 보는 눈 뜰까?

수직과 곡선 사이

혼자서는 설 수 없는 넝쿨입니다
밑바닥 기며 살다 보니
아무리 세력을 뻗어도 밑바닥
하늘을 지향하는 당신이라면
기꺼이 붙들고 늘어가겠습니다
둘이 하나 되어
당신이 쓰러지면 나도 쓰러지겠지만
홀로 견딘 날보다
같은 방향을 바라보는 통점이
지금 여기에
살아 있게 합니다
사랑의 독을 품어
살 속으로 파고드는 향기는
내 것 네 것이 없으니까요

4
부

가장 먼 만행

누구나 갈 수 있는 길 없는 길이 있다

정오를 지나도 햇살 들지 않는 방
세상에서 가장 먼 만행을 꿈꾸다
생의 수레바퀴가 잠시 머문 곳
객실문 밖엔 서릿발 하얗다

지고 온 짐 풀어놓고 돌아보니
서럽고 외롭고 쓸쓸한 일
몸에 붙어사는 숙주 같아서
나도 살고 너도 살자 할 것 같은데
삶에 대한 불안도
죽음에 대한 두려움도 내려놓자고
가을 산에 단풍 든다

계곡물은 거침없이 낮은 곳으로 흘러
영혼마저 만날 기약 없는 것일까
남은 자와 떠난 자 경계가 모호한

인연 하나 떠나보내느라

능파교 난간 잿빛 자락이

겹겹 구겨지며 젖고 있다

춥고 어둡고 목마른 길

나무 한 짐 부려놓고

끝끝내 깨치지 못하여

수미산 주인집에 머슴 살러 간다는 노스님

운구는 경내 돌아 일주문을 향하는데

뜨거워도 불붙지 못하는 청단풍처럼

그리움은 지상에 닿을 주소가 없어

길 없는 길 어딘가에 숨어 있나 보다

옷 갈아입으러 다비장에 들어가신

스님! 불 들어갑니다 나오세요!

스님! 불 들어갑니다 나오세요!

화엄산 불타

이 세상 길 하나 지우고 있다

만장일치

홀딱 벗고 몸을 씻는데
욕실에 걸려 있는 수건 두 장

나를 따르는 자 복이 있나니!
천상천하 유아독존!

상여를 따르는 만장처럼
예수는 나더러 종이 되어라 하고
부처는 나더러 주인이 되어라 하고
색다른 두 남성 생각하다가
종도 주인도 마땅찮은 나

예수 좇아 헤매다 돌아온 너와
저마다 부처라는 걸 뒤늦게 안 내가
다음 생을 들먹일 것도 없이
한 이불 속에서 잠을 청했다
몸을 섞기도 하고
그냥 자기도 하고

사이에 서성거리다

봄이자니 춥고
겨울이자니 따뜻한
그 사이를 못 견뎌
꽃밭 검불을 헤집어본다

꽃 진 그 흐린 그늘에
영혼은 너덜너덜 거덜났는데
누가 내 영혼에 술을 붓는가
누가 내 영혼을 흠모하는가
지금은 미래가 아니잖아

검불 한 짐으로 세월각*을 짓는 이여
내면을 채우는 게 슬픔인가 간절함인가
죽은 자를 위한 산 자는 없으니
산 자가 죽은 자에 기대어
잠재된 본능을 일깨우는 곳

오도가도 못 하는 일주문에서

몸부림치며 묻는다

괴로움은 어디에서 오는가

아무리 불러도 당신은 난청

내가 알고 싶은 당신은 난청

잠시 머물다 가라고 겨울 해가 짧다

* 죽은 이의 영혼이 잠시 머무르며 이승의 때를 씻는 곳.

걸망 뜨기

사는 게 별것 아니다 싶을 때
아무것도 없는 허공에 대고
뜨개질을 한다
바늘에 실을 꿰어 상상을 이어가는 일

실마리가 잡히면
시작은 사슬뜨기 끝은 매듭
사슬이 사슬에 매여 가는 길
단단한 끈이며 굴레다

마음은 지루하고 지치기 쉬워서
매듭지을 건 매듭지어
무한한 색색으로 맺다 보면
상상하는 세계가 되지
흉측한 매듭을 안쪽으로 넣으면
겉과 속이 감쪽같지

상상에 끌려 짠 걸망 하나

풀어보니 알겠다
오리무중 사슬도
실마리만 잡으면 푸는 건 한순간
걸망은 온데간데없고
실은 실이고 코바늘은 코바늘
본래 아무것도 담아둘 수 없다는 것을

내가 머물고 싶은 곳

가난한 나에게
강이 에돌아 흐르는
수수만 평 정원이 주어졌다 치자
계절마다 지지 않는 꽃이 넘치고
새들이 둥지 틀기 좋은
나무들이 불끈불끈 내 것이라 치자
지나가는 누군가가
죽기 전에 하루만 머물고 싶다는
통사정도 들어주며
같잖은 허세 부려도 통하는 곳

그러면 뭐 하나
물수제비뜨는 데 한나절
강가 걷는 데 한나절
하루가 심심할 대로 심심해지면
돌아와 쉴 곳은
어둠 덮고 잘 두어 평

정작 내가 머물고 싶은 곳은
늘 모르는 곳에 있으니
두렵고 설레는 마음만
피차 흔들리고 있는 것이다

무씨를 심다

잡초 제거한 자리 무씨를 심는다
어두운 땅속
발아의 깊이를 찾아

스님이 건네준 무(無) 자 화두를
들숨 날숨 벼리어 싹트기를 바랐으나
말은 물이나 흙으로 북돋울 수 없어
생각으로만 뿌리내리고

때를 놓치면 앞을 기약할 수 없는 일

길에서 길을 묻는 이여
무꽃은 언제 피느냐 묻지 마라
씨가 없으면 싹도 나지 않을 터
철새들이
무씨를 물고 허공으로 사라진다

암자

꿀벌 한 마리
꿀 먹은 벙어리 되어
자물통에 들앉아 있다
괴로움의 소멸로
제 몸이 열쇠가 되어야
나올 수 있는
고집불통 수행자다

향일암, 불타

해 뜨기를 기다리는
새벽 향일암
숨길 트며
처음 길을 낸
불타는 불타더라

살아지거나
사라지거나
얻을 것도 잃을 것도 없는
모든 길 위에 삶을 방화하라
뜨거워도 불붙지 못하는
사람들 캄캄한 세상
들숨은 날숨 향해 뜨거워라
날숨은 들숨 향해 뜨거워라
결코 죽음은 죽음을 죽이지 못하니

이제 우리들의 유산은
유산을 태운 폐허 속에 있다

바다 밑바닥
불타는 불타

불쑥
해 뜬다

원리전도몽상(遠離顚倒夢想)

먹을 것이 남아돌아도
굶는다는데
바빠서란다

갈아타고 갈아타고 만났던 곳
한번 타도 만날 수 없다는데
바빠서란다

지금은
왜 사느냐가 아니라
어떻게 살아야 하는가를 물어야 할 때
꿈속에서 꿈을 꾸는 사람들아

흐린 저녁에

삶을 악착같이 붙들었을 땐
죽음이 두렵더니
이빨 우르르 흔들리는 저녁
죽음을 받아들이겠다 하니
허무가 악착같이 달라붙네

나를 붙들고 있는 것들이
내가 붙들고 있는 것들이
내가 아닌 너였다는 사실
삶도 죽음도 내 것 아닌데
사나운 짐승 앞에 등을 보이는 건
집착이 낳은 죽음의 밥인가

어두워서 자유로웠던 한때
허무한 마음 밀어내며
낮밤 잊고 썼던 시는
홀로 꽃 피겠지 지겠지

꿈이 꿈인 줄 알았더라면

꿈이 꿈인 줄 알았더라면
사랑하고 싶을 때 사랑하고
울고 싶을 때 목놓아 울었으리
결혼해도 둘은 하나가 될 수 없고
자식 두어도 생을 대신 맡길 수 없어
마음 붙들 곳 찾아 헤매던 그때
절집 기웃거려도 인정 없고
처처를 떠돌아도 마음 아파라
잊고 살아도 될 것들조차
생활에 지긋지긋 젖어버려서
뿌리 깊은 나무 아래 비를 긋는데
경전 한 구절 마중물이다
응 무 소 주 이 생 기 심*
머무는 바 없이 그 마음 내라 하니
사는 게 꿈속의 일이라면
시방세계 걸림 없이
사랑하고 싶을 때 사랑하고
떠나야 할 때 떠나야 하리

* 應無所住而生其心.(『금강경』)

겨울 해

하루만 신세 지고
흔적 없이 가려는데
자꾸 먼 데를 본다
바람은 어디서 불어오나
과거의 먼 데가 지금 여기인데
어쩌자고 혼자 걷는 날 해는 떠서
있지도 않은 미래를 붙들고 있나
외로움이 깊으면
내가 나를 잊고 싶어서
허공에 날리는 눈송이 바라보며
하루만 붉은 꽃이 되자
극단적 생각을 할 때도 있었으나
현실은 생각보다 빨리 찾아와
오늘도 새끼 칠 일도 없이
하루라는 둥지를 튼다

입춘대길

꾸다 만 꿈을
이어보겠다고
새우잠 버티는 아침

들뜬 마당에선
겨우내 제 뿌리끼리 뭉친
영춘화가 화분을 깨뜨려버렸다

아깝다는 생각도 잠시
아집으로 뭉친 틀이 박살나자
우주가 화분이 되었다

불법을 꿈꾸다

들어가는 문과 나오는 문이 하나인 방이 있었는데요 노오란 장판에 흰 벽이 어찌나 정갈한지 가부좌 틀고 앉아 참선하면 딱이겠다 싶었는데요 중도 아닌 내가 무슨 중요한 볼일이라도 있는 것처럼 벽을 따라 오른쪽으로 도는 중 모서리 지나 중간쯤에 법정 스님이 떡하니 계신 거예요 대개는 허리 곧추세우고 좌선하는 게 마땅한데 벽에 상체를 비스듬히 기대어 앉아 있는 모습에 고개를 갸웃갸웃 그 앞을 지나가는 순간 아 글쎄 목에 늘어뜨린 내 목도리를 확 낚아채면서 하는 말이

너, 나랑 연애 한번 할래?

잡아당기는 힘이 어찌나 빠르고 센지 순식간에 스님 상체를 덮치는 꼴이 되어 놀라 잠이 깨고 말았던 건데요 아무리 꿈이라지만 키스도 포옹도 없는 연애가 아쉬움으로 남는데요 그 꿈의 징조가 상스러운 건지 쌍스러운 건지 수행승 입에서 일면식도 없는 나에게

연애는 또 뭔가 곰곰 생각해보는데요 어쩌면 가부좌 틀고 앉아 허공을 뚫는 것만이 공부가 아니라 서로 얼싸안고 사는 것이 진짜 공부라는 방편 하나 주신 건 아닐까 나름대로 풀어보며 저녁 공양간에 갔지요 꿈은 꿈일 뿐이라고 빈자리 앉아 허기를 달래는데요 그날따라 켜진 텔레비전 자막에 눈길이 못 박혀버렸어요 꿈속에서 나랑 연애하자던 그 시간에

　법정 스님 열반하시다!

　지금은 불일암 후박나무 아래 상징만 묻혀
　무소유란 아무것도 가지지 않는 것이 아니라
　불필요한 것을 가지지 않는 것이라 묵언하시니
　현실이 꿈이고 꿈이 현실 같던 만해마을에 머물렀을 때 일입니다

빈 그릇

담장 위에
빈 그릇 두었더니
비가 와서 채웁니다
그 물을
벌이 와서 먹고 세수하고
새가 와서 먹고 목욕하고
그래도 남은 걸
고양이가 얌전히 먹는 걸 바라보며
그릇을 비워두니
오는 대로 주인입니다

해

설

가장 먼 만행을
꿈꾸다

박명순 문학평론가

1. '먼 길'에서 만난 시

조동례 시인이 세 번째 시집으로 돌아왔다. 『어처구니
사랑』(애지, 2009), 『달을 가리키던 손가락』(삶창, 2013)에 이
은 10년 세월의 행적이 빼곡하다. 이제 독자들은 이 시집
의 여백에서 수행자로 떠돌면서 피워낸 꽃의 숨과 향을
저마다의 가슴에 간직하게 된다. 누군가는 직설적으로 훅
받아들일 것이고 또 누군가는 심층적 의미를 조근조근
되새김질할 것이다. 시가 쉽게 읽히면서도 시린 여운으
로 남는 이유는 체험의 통찰을 직관적 언어에 담고 있기
때문이다.

이번 시집은 유독 '길'의 이미지가 풍성하다. 길은 수행

과 고행의 상징이면서 방향을 놓치고 잠깐 머무는 공간이 되기도 한다. 그렇다. 가다가 빈집을 만나면 여장을 내리고 텃밭을 가꾸며 사랑을 만나던 그 흔적들이 문신처럼 새겨진다. 시편마다 '길'의 끝없는 변주이니 사랑으로 탄생했다가 이별과 만남으로 흔들렸다가 다시 철새와 텃새로 등장한다. '응무소주이생기심(應無所住而生其心)'을 실천하는 도량이며 '원리전도몽상(遠離顚倒夢想)'의 현대인에 대한 풍자가 된다. 구경열반(究竟涅槃)은 언감생심, 그는 그렇게 세상에서 가장 먼 만행(萬行)을 꿈꾸는 시인으로 발을 딛는 중이다.

　　벼랑 끝

　　흔들리는 저 꽃

　　뿌리 내렸다는 증거다

　　바람 불어도

　　뽑히지 않을 자신 있다는 것이다

　　몸 낮춰 벼랑에 눈길 보내는

　　나는 지금 무아지경

　　언제든 떠날 준비가 된 사람처럼

　　슬프지도 아름답지도 않은

　　나만 알아듣는 신호에 답하며

낯선 곳에서 잠을 설치는

나의 사랑은 이제 이분법

내 마음 두드리며

설레게 했던 것들은 다 어디로 갔나

길 끝의 허무를 알면서도

휘청휘청 이슬 짊어지고

해 뜨기를 기다리는 풀잎처럼

그 많은 설렘을 그냥 보내고도

여기까지 왔으니

흔들리고 흔들려도

낯설어서 생은 살 만한 것이다

—「길을 잃고 일박」 전문

　　"벼랑 끝 흔들리는 저 꽃"은 시적 화자가 드러내지 않았던 또 다른 얼굴이다. "언제든 떠날 준비가 된 사람처럼" 긴 세월 견디고 살아왔으므로 여기서도 뽑히지 않을 자신이 있다는 생명력의 다짐이다. "낯선 곳에서 잠을 설치는" 설렘으로 "길을 잃고" "여기까지 왔다"에서 시인에게 낯선 곳이란 오히려 시작 지점으로 변신된다. "낯설어서 생은 살 만한 것이다"의 새로운 출발을 향한 의지가 된다.

길이란 본래 태초부터 있었던 것이 아니라 누군가 처음 발자국을 내면서 생성되는 것이다. 따라서 누군가가 걸어간 길을 찾아 더듬지만 때로는 '가지 않은 길'을 헤쳐 가야할 때도 있다. 그렇게 길은 스스로 만들어지는 것이다. 하여, 조동례 시인에게 새로운 길은 '~이 아닌 길'이고 '길 없는 길'이다. 그 설렘의 도정이 시가 되고 사랑이 되었다. 그래서 시인에게 길은 순례이며 방황의 사이클을 넘어 사랑으로 펼쳐지기도 한다.

> 길에서 길을 묻는 이여
> 무꽃은 언제 피느냐 묻지 마라
> 씨가 없으면 싹도 나지 않을 터
> 철새들이
> 무씨를 물고 허공으로 사라진다
>
> ―「무씨를 심다」 부분

시인마다 풍광의 의미를 다르게 보듯 길의 이미지 역시 저마다 해석의 다양성을 내포한다. 그의 시에서 등장하는 길의 비유도 시공을 넘나들며 삶의 현장처럼 진한 질곡을 보여준다. 독자들은 시인이 의식적, 무의식적으로 걷는 현장을 함께하며 그의 시를 품게 될 것이다.

2. 가족, 그 씻김굿의 길목

시를 쓴다는 건 가슴에 품었던 화두를 풀어내는 몸짓
이다. 그중에서 '가족'이란 단어가 사슬처럼 지난하면서
원초적인 화두가 된다. 인간의 집착 가운데 가장 끊기 어
려운 것이 피붙이의 끈이니 가족이란 울타리는 의식과
무의식의 뿌리가 구석구석까지 씨실과 날실로 얽힌 그물
이다. 그 얽힘을 풀어내는 도정이 그의 시문(詩文)이다. 묻
혔던 인드라망의 촘촘한 연결 고리를 몸으로 받아들이며
슬픔도 아픔도 씻김굿처럼 풀어내려 한다. 집안의 이력
을 행간에 드러내면서 부모를 향한 사모의 노래를 담담
한 심정으로 보여주는 것이다. 먼저 아픔을 고백하면서
치유의 힘을 표상하는 시를 보자.

녹물과 핏물이 닮았다는 것이 서러웠습니다

한쪽 눈에서 멀리 달아날수록 못은 깊이 박히고

한눈팔지 말라고
실명한 자리에 박힌 어머니
눈물로 빼낸 뒤부터 나는
캄캄한 이면을 보는 눈 생겨

초승달이 둥글다는 걸 알았습니다

—「사라진 못」 부분

"못"은 아픔의 씨앗 같은 존재이다. "실명한 자리에 박힌 어머니"는 시인의 실제 어머니를 넘어 시의 근원인 동시에 고뇌의 근원까지 적나라하게 보여주는 씨앗이 된다. 그 의미심장한 기운이 실명과 못의 이미지로 맞대응하며 팽팽하게 흐르기 때문이다. 그래서 "못"은 어머니의 슬픔이자 화자의 아픔이다. 그러나 어머니의 핏물로 만나는 "못"과 "실명"의 비유적 표현은 의외로 담담하다. "캄캄한 이면을 보는" 심안(心眼)을 얻어 초승달의 빛과 그늘을 감지했기 때문이다. 다음에서 아버지의 사연과 연동시켜 보자.

울지 마소 울지 마 이 사람아 울지 마 자네가 울면 내가 울어 내가 울면 자네가 괴로워 내가 자네한테 아무것도 해줄 수가 없네 주고 싶어도 아무것도 줄 수가 없어 어쩌란 말인가 어쩌란 말인가 살아도 산 것이 아니고 죽고 싶어도 죽어지지 않네 좋은 일만 허고 살아온 자네가 왜 이런당가 죽고 사는 일이 내 맘대로 안 되네 아무것도 해줄 수가 없어서 괴롭네 어쩌란 말인가 어쩌란 말인가 말할 수도 없는 자네 심정 내가 왜 모르것는가 울지 마소 울지 마 자네가 아프면 내가 아

파 내가 아프면 자네가 아파 한숨 자고 집으로 가세 집으로
가 고향집으로 가세 이

―「아버지의 이별가」부분

누구에게나 아리고 시리게 등장하는 부모의 사연이지
만 아버지가 어머니에게 바치는 사부곡(思婦曲)에는 생로
병사의 특별한 절절함이 있다. 표면은 아버지가 어머니
에게 바치는 노래이지만 시인은 '아버지에 바치는 사부
곡(思父曲)'으로 판소리 사설 조 운율의 울림으로 확장한
다. 남도 민요의 한 가락처럼 서러움과 한이 치렁치렁 묻
어나는 이유이다.

선비 족보를 마다하고 등짐 지는 일조차 주저하지 않
으면서 가솔을 챙긴 아버지였다. 체면을 중시했던 할아
버지와 아버지의 갈등은 아버지와 조동례 시인으로 대물
림된다. "실속 없는 할아버지 닮았다는 이유로/ 시에 대
해 입도 뻥긋 못 하고/ 가문이 알아주지 않는/ 시시한 시
인으로 전락했으니"(「시시한 시인」)처럼 그 아버지와의 갈
등을 시로 풀었으니 씻김굿이라 할 만하다. 스스로를 "시
시한 시인"이라 하는 이유는 씻김굿에 바치는 제물의 심
정이 아닐까 싶다.

3. 흔들리는 꽃 그리고 사랑

그의 시는 식물성에 가깝다. 꽃과 열매의 생태가 오랜
세월 속에서 기록된 화석처럼 스스로와 맞선 결과물이
다. 화석에 새겨진 상상력처럼 시나브로 기억의 복판으
로 파고드는 이유가 과연 무엇인가. 그 심연에는 활어의
지느러미처럼 유영하는 생명의 힘이 꿈틀대기 때문이다.
동시에 그의 시 작업은 파닥이는 심장을 도려내듯 특별
하다. 그래서 분석이 아닌 직관을 요구한다. 조동례 시의
행간을 찾는다는 게 생물을 다루는 것처럼 경이로우면서
도 조심스러운 이유이다.

시인을 깊이 겪어본 사람은 그의 순정한 성품에 매료
되지 않을 수 없다. 당연히 시도 사람을 닮았다. 그래서
조동례 시의 특장은 무엇보다도 시원적 존재의 증명, 나
아가 구도하는 자아에서 찾아낼 수밖에 없다. 생명력을
보듬어 존재가 지닌 본래의 아름다움을 회복하는 것, 그
의 시들이 향하는 발화점은 이와 밀착된다.

특히 꽃이 등장하는 문장마다 호흡이 잦아드는 긴장감
을 찾아내게 된다. 이전 시집에서도 꽃은 다양한 의미를
담아낸 바 있으니 그 연장이 될 수도 있다. 꽃은 발아된
씨앗이 존재를 알리면서 열매를 맺기 위한 가능성이며
쉼 없는 움직임이다. 동시에 시인이 일관성 있게 보여주

는 아름다움과 사랑 그리고 깨달음의 찰나를 확인할 수 있다. 그 찰나가 사랑받는 존재이자 그럴 자격을 구비한 최고의 순간이다. 그래서 조동례의 시편에서 꽃은 사랑과 더불어 중요한 화두가 된다.

다음 시는 꽃의 이면과 표면에 대한 고백이다. 겉과 속, 이 둘은 일반적으로 반대의 가치를 표상하지만 생성의 관점에서 보면 운명적 보완 관계가 된다. 껍데기와 알맹이의 상보적 관계, 이것이 조동례 시문(詩文)의 미덕으로 꼽히는 직관이며 관념의 틀을 깨는 시상 구성이 빛나는 형식이다. 치장이 없어서 더욱 빛나는 해맑은 목소리가 들려온다.

꽃밭 가꾸는 당신 몸은
흙투성이로 더러워지는데
나는 자꾸 깨끗한 꽃이 되려 합니다

추위에 강하고 번식 잘 되면
아무 걱정 없을 거라는데
철 지나 돌아보니 허물만 남아
허망하다 허망하다 세월 탓입니다

그럼에도 불구하고

철없는 꽃을 꽃답게 가꾸느라

상처투성인 당신 가슴에는

지지 않는 꽃 피었습니다

—「철없는 꽃」 전문

이쯤에서 첫 시집 『어처구니 사랑』을 소환해야 할 것 같다. "벼랑 앞에 서면/ 목숨 걸고 누군가를 사랑하고 싶다"로 시작하여 "목숨 걸고 사랑한다는 것은/ 살아서 유서 쓰는 일이다"(「어처구니 사랑」)로 마무리한 고백은 마침내 「철없는 꽃」으로 새롭게 피어난다. 이는 그대를 향한 사랑 고백이자 "지지 않는 꽃"에 대한 갈망이다. 그러니까 시인에게 '사랑'은 시 창작의 원천이며 씨앗으로 존재한다. 씨앗을 뿌리면 싹이 트고 꽃이 피고 열매를 맺게 되니 그 사랑은 씨앗이면서 지지 않는 꽃이 된다.

"꽃밭 가꾸는 당신"에게 화자는 "깨끗한 꽃"이 되고 싶어 한다. 당신은 나 때문에 "흙투성이로 더러워지는데" "자꾸 깨끗한 꽃이 되려 합니다"처럼 시인은 사랑의 주체이며 철없는 꽃 또한 시인의 또 다른 자아가 된다. "철없는 꽃"의 해석도 당연히 다의적이다. 계절을 비켜나는 의미에서 "철없는 꽃"이며, 꽃밭을 가꾸는 자에게는 더 많은 노동을 요구하는 "철없는 꽃"이지만 어떠한 의미여도 괜찮지 않은가. 우리가 꽃의 새로운 면모를 만나게 된다는 점이 중요한 것이다.

또 하나, 「돌꽃」에서는 꽃의 해석에 대한 새로운 단초를 제공하고 있다. 뚱간과 꽃밭의 대비는 꽃의 의미를 확장하면서 더욱 깊은 의미를 생성하기 위한 장치이다. 결국 뚱간의 돌이 꽃밭을 일구면서 돌이 꽃으로 존재 전이를 이루는 의미를 만든다. 생물, 무생물을 의인화하고 공간 이동의 과정에서 새롭게 태어나는 존재를 우리에게 보여주고 있다.

뒷집 폐가
뚱간 허물어진 돌 주워다
꽃밭을 만들었습니다
그만그만한 꽃
피고 지고 피고 지더니
돌에서 꽃향기가 났습니다

—「돌꽃」전문

불교에서 꽃은 깨달음의 순간을 상징한다. 염화미소의 가섭과 석가모니가 함께 바라본 연꽃이 그 대표적인 존재이지만 그의 시는 꽃을 바친다든지 찬양하는 식의 헌화가(獻花歌) 이미지와는 다르다. 그래서 '돌꽃'은 단지 생성의 이미지이며 기존의 존재를 새롭게 전복하는 이상적

세계의 표상이다.

시인은 '똥간의 돌'과 '꽃밭의 돌'이 지닌 존재 의미가 모두 무(無)에서 출발한다고 본다. 이 돌은 기나긴 세월 똥간을 지탱하는 역할만 하다가 집주인이 떠나고 기둥이 무너지면서 비로소 본래의 돌 자체로 돌아왔다. 그러다 가 빈집에 사는 시인이 폐가의 돌을 꽃피우는 순간 돌에 서 꽃향기가 터진 것이다. 똥간의 돌과 꽃밭의 돌은 원래 하나였으니 똥간과 꽃밭의 구분이 사라진 순간 돌이 꽃 을 피운 '돌꽃'이란 시가 탄생한다.

그래서 꽃은 허물어진 것, 버려진 것에서 피어나는 아 름다움과 생명력 그리고 생의 활기를 비유한다. 낮과 밤 의 헤아림 없이 시의 정신을 실현하는 것, 시문(詩文)의 향 을 피우는 것으로 "돌에서 꽃향기가 났습니다"의 여운을 완성한다. 꽃향기는 현실과 이상의 조화, 또는 이상적인 존재로서 시인이 지향하며 도달하는 지표와 같은 것이 다. 그래서 꽃의 이미지는 정태적이거나 완결된 정점이 아니라 끊임없이 흔들리며 생성하는 미완의 이미지이다.

4. 세상에서 가장 먼 만행

만행(萬行)이란 불교 수행의 일종으로 여러 곳을 돌아

다니고 명상과 사유의 도정 속에서 깨달음을 얻는 행위를 일컫는다. 물론 조동례 시인이 처음부터 작심하고 수행의 길을 떠난 것은 아니니 그 또한 운명이다. 어느 날 "길을 잃고" 문득 먼 길을 떠돌게 되었으니 오히려 형식에 얽매이지 않는 수행 같은 도정이다. 그 만행의 일부를 엿볼 수 있는 시편을 만날 수 있음이 독자로서 행운이다. 다음 시에서 우리는 시인이 살아온 여정의 단면을 추정할 수 있다. "추가치산맥 빙하 녹은 민물" 포터늪에서 순천만까지의 거리는 "세상에서 가장 먼 만행"의 구체성이다.

추가치산맥 빙하 녹은 민물에
태평양 파도쳐 온 짠맛이 만나
포터늪에 난장이 들어섰다
바닷물이 몰고 온 어류 떨거지를
갈매기도 청둥오리도 한몫 거드는데
노점 자리 둘러보던 만삭의 연어는
자신이 낳은 알을 자릿세로 바쳤다
(…)
민물과 바닷물로 칵테일 한 늪에
순천만을 닮아서 자주 가는 나
알래스카까지 오는 여정 생각해 보면
이 바닥에서 살아남은 것들은

민물 짠물 섞일 줄 아는

진짜 맹물 맛을 아는 것이다

—「포터늪 난장」 부분

시인은 이전에도 '섞인다'는 의미를 "물들인다"나 "체온을 맞춰가는 것"으로 표현한 바가 있었다. "물들인다는 것은/ 마음 열어 주변과 섞인다는 뜻이다/ 섞인다는 것은/ 저마다의 색을 품어 닮아간다는 것이니/ (…) / 닫힌 마음이 열릴 때까지/ 서로의 체온을 맞춰가는 것이다"(「물들어간다는 것은」, 『어처구니 사랑』)라고 통찰했던 시인은 이제 그 섞임의 힘을 "맹물 맛"으로 새롭게 언급한다. "민물 짠물 섞일 줄 아는/ 진짜 맹물 맛을 아는 것이다"라며 "섞일 줄 아는" 근원을 "진짜 맹물 맛"으로 감지하는 것이다. 빙하의 민물과 태평양 바닷물이 아우러지는 절묘한 만남이니 결국은 물고기의 도정이며 생명의 신비로움 그 자체가 흐름의 원천이 된다. 살아남기 위하여 서로를 받아들일 뿐이며 그 힘으로 온갖 생물들이 숨 쉬는 공간이 탄생하는 것이다.

누군가는 조동례 시인에게서 '백석 시의 가지취 냄새가 난다'고 했는데 필자는 거기에 하나를 보태 '맹물의 시인'이라 부르고 싶다. 맹물이란 가공되지 않은 자연의 본성 그대로를 의미한다. 모든 색을 합치면 검은색이 나오고, 모든 빛을 합치면 흰색이 나오듯 맹물이란 모두이면서 아무것도 아닌 무(無)와 통한다. 스스로를 "맹물 세수가 화장의 전부"(『다른 안목』)라 했듯이 그는 가공되지 않은 힘으로 살며 시를 쓴다. 운명을 받아들이되 나를 지키면서 만나는 새로움이다.

시인은 그 만행을 통하여 허물어지는 경계를 저절로 체험한다. '언어는 존재의 집'이라 정의할 때 집의 의미는 지역성, 국가, 인종의 경계를 넘어 탈주의 서사를 담는다. 다음은 시인의 이름 '동례'가 "알래스카 섞어찌개 같은 교실"에서 문자 체계의 경계가 허물어지면서 다성성과 이어성으로 어우러지는 현장이다.

입이 있어도 말 못하는 타국 생활

쉰다섯에 말 배우려 학교 간다

알래스카 섞어찌개 같은 교실에서

백인 여선생이 이름을 묻는다

내 이름은 동례입니다

독례? 도그네? 덕네?

그것도 아니고 동례

아무리 반복해 말해도

본래 내 이름은 돌아오지 않는데

페루에서 온 고스빈다가 나를 부른다 도우네

시카고 베키가 혀를 더 굴린다 돌래

뒤이어 에밀리가 소리쳐 부른다 돈내

멕시코 도미니카 라오스 소말리아도

돈내 돈내 돈내 돈내

민주주의 나라에서

다수가 불러준 내 이름 돈내

이름은 부르기 쉬워야 제 이름이지

자본주의 이민국에서

개명 신청 안 해도 돈내다

—「돈내」 전문

본래 랑그(기의)와 파롤(기표)의 관계는 발음기관이나 청각기관의 습성에 따라 고정되는 것이다. 한글 문화권에서는 닭의 울음소리를 '꼬끼오'라고 표기하지만 영어권에서는 '코커두둘두'라 표기하며 실제로 그렇게 듣고 인지한다. 인종과 상이한 언어권에서 찾아낸 다양한 발음의 표기는 결국 음성 언어의 한계이자 파롤의 무한대를 환유한다. 결국 시의 화자는 "동례"를 버리고 "다수가 불러준 내 이름 돈내"를 받아들이게 되는 쓸쓸한 해학이다. 이는 공간의 이동이 물리적 거리뿐만 아니라 소통의 양보까지 혜량함을 확인하게 된다. 언어의 탈주가 이루어지는 난감한 과정을 위트와 풍자로 편안하게 그려낸

풍경이다.

그와 대화를 나누다 보면 당황할 수도 있다. 처음 만난 그에게서 순례자 또는 고졸(古拙)한 여승의 이미지가 얼핏 풍기기 때문에 더 그럴 수도 있다. 그러다가 "맹물 세수가 화장의 전부"인 그에게서 누구나 질박하지만 단단한 그만의 성정을 새롭게 만날 수 있을 것이다. 그래서 그의 시는 검정 고무신처럼 밋밋한 듯하나 읽을수록 진하고 질긴 맛이 전해진다. 날마다 먹는 밥처럼 편하고 깊은 맛이다. 삶 자체가 시가 되는 바로 그런 사람을 만난 것이다.

그러니까 시가 온몸에서 나온다는 게 확실하다. 발끝과 손끝, 그의 삶의 행적 자체가 모두 시문(詩文)이 되는 것이다. 시를 찾기 위해 기이한 풍광을 탐색하거나 그곳을 핀셋으로 풀어헤치는 작위적 문장과는 그 결이 전혀 다르다. 시인의 걸음은 송두리째 뽑은 삶 그 자체일 뿐이다. 그래서 조동례의 시를 읽으면 시적 화자가 감당했던 삶의 침전물에 시나브로 온몸이 젖을 수밖에 없다. 「다시」는 선언도 그 자체가 삶과 죽음의 경계에 바치는 삶의 긍정이며 시인으로서의 운명에 대한 수긍이다.

서로 주고받을 것도 없는

삶과 죽음에 대해

시를 쓰려는데

과거와 미래 사이를 비집고

싹튼 것들이

다 시입니다

—「다 시」 부분

　세상에는 무수한 유형의 시인들이 존재한다. 하지만 그 가운데서 오직 시인 자체로서만 존재가 가능한 삶은 의외로 흔하지 않다. 그래서 그의 시를 주도하는 곡진함이 운명을 받아들이고 사랑하는 힘에서 비롯한다는 게 특별하다. 그 운명이 시인의 업이며 시를 통한 자기 구원의 도구이다. 살아 있음의 도정이자 흔적이 다 시로 생산되는 것이다. 「다 시」는 작가의 이러한 시 쓰기 방식에 관한 자기 고백이다.

　그래서 조동례의 시편은 현란한 기교나 언어를 담금질하는 문장에 연연하지 않는다. 감동의 파문을 일으키고 영혼을 휘젓는 고요한 응시를 그의 도정에서 찾아야 한다. 이 소리 없는 울림 속에서 대면하는 것은 날것으로서의 삶의 침전물이며, 동시에 있는 그대로를 받아들이는 담담함이다. 그에게 시란 삶 자체에 녹아 있는 운명과 사랑의 만남이 된다.

　「다 시」가 바로 기획되지 않은 사랑의 힘을 저절로 보여준 시이니 그게 진정성이다. 마침내 개인적 서정이 빛나는 노래로 공감력을 얻게 되는 순간이다. 시의 울림이 어떤 방법론적 기교나 상상이 아니라 오로지 혼백이 충실한 시문 속에 존재하기 때문이다. 그것은 또한 이 고통스러운 현실을 기반으로 해서만 온전하게 발현된다. 그렇게 조동례의 시는 누추한 삶의 팽팽한 균형과 긴장을 담백하게 기록할 뿐이다.

5. 빈집, 빈 그릇의 시

다음 시편에서 만나는 '주인'의 의미는 우리를 자유로운 해방의 세상으로 안내하는 상상력이 된다.

담장 위에
빈 그릇 두었더니
비가 와서 채웁니다
그 물을
벌이 와서 먹고 세수하고
새가 와서 먹고 목욕하고
그래도 남은 걸
고양이가 얌전히 먹는 걸 바라보며

그릇을 비워두니

오는 대로 주인입니다

—「빈 그릇」 전문

화자는 단지 그릇 하나를 담장 위에 놓아두었을 뿐인
데 저절로 한 폭의 수묵화가 되었다. 화자는 "오는 대로
주인"이 되는 세상을 고요한 시선으로 응원할 뿐이다. "벌
이 와서 먹고 세수하고/ 새가 와서 먹고 목욕하고/ 그래
도 남은 걸/ 고양이가 먹는 걸 바라보며" 있다. 저마다의
생명력이 스스로 빈 곳을 채워주는 역할을 감당하는 것
이다. 그의 시는 이제 '빈 그릇'으로 남아 기다릴 뿐이다.
"오는 대로 주인"이 되어 채워줄 독자를 위하여.

'빈 그릇의 주인'은 누구인가? 비가 와서 채워주고, 벌,
새, 고양이까지 만상의 모두가 주인이 된다. 그러니까 시
인의 이상은 모두가 주인이 되는 공생의 세상을 떠올리
게 한다. 저마다 그 물을 먹고 세수하고 목욕하는 장면은
의도와 상관없이 완벽하게 조화를 이루는 세상이다. 그
세상의 풍경은 저절로 보이는 것이 아니다. 시인의 이상
과 현실의 정확한 일치를 위한 오늘의 삶이 주는 선물이
다. 시를 통하여 저마다의 허기를 채우고, 삶을 나누고 싶
은 것이다. 조동례의 '맹물의 시학'이 이렇게 구체적으로
현현(顯現)하여 조각처럼 회화처럼 우리 앞에 그 모습을

드러내는 순간이다.

　이제 그의 시는 구도적 분위기를 넘어 구체적인 수행자 이미지를 만나게 된다. 이는 수행하는 시적 화자가 초지일관 시를 이끄는 내적 원동력이 되고 있으니, 가령 시집에서 구절 몇 개를 손에 닿는 대로 뽑아보자.

　　고집불통 수행자다

—「암자」 부분

　　세상에서 가장 먼 만행을 꿈꾸다

—「가장 먼 만행」 부분

　　저절로
　　중이고 부처고 절이다

—「저 절로 가는 길」 부분

　　예수는 나더러 종이 되어라 하고
　　부처는 나더러 주인이 되어라 하고

—「만장일치」 부분

　　스님이 건네준 무(無) 자 화두를

—「무씨를 심다」 부분

수행승 입에서 일면식도 없는 나에게 연애는 또 뭔가 곰곰

생각해보는데요 어쩌면 가부좌 틀고 앉아 허공을 뚫는 것만

이 공부가 아니라 서로 얼싸안고 사는 것이 진짜 공부라는 방

편 하나 주신 건 아닐까

—「불법을 꿈꾸다」 부분

필자는 그의 첫 시집부터 구도하는 화자의 존재가 진
한 비중으로 등장함을 눈여겨보았다. 산다는 것 자체
를 구도와 동일시하는 시적 화자를 만났던 것인데 그 성
(聖)과 속(俗)의 긴장감이 범상치 않게 다가온 것이다. 시
인은 방랑과 수행으로 절대적 경지를 갈구하면서도 종교
적 틀로 재단하는 것은 단연코 거부한다. 예수와 부처가
번갈아 종이 되었다가 주인으로 변신되니 결국 절대적
경지라는 것도 인간세계를 떠나는 게 결코 아니라는 말
이다. 하여 조동례의 시들은 철저하게 사람의 냄새를 원
천으로 함을 깨닫게 된다. 쉽게 찾아볼 수 없는 우리 시
대 귀한 자연인으로 강을 건너 바다를 껴안는 언어를 만
든다.

그의 세 번째 시집에서도 쓸쓸하고 아픈 마음은 여전
히 현재진행형이나 이전 시집에서 보여준 날카로운 면모
는 다소 완화되었다. "몸이 무거워지면 달은/ 허공에 갈
아 날을 세운다// 죽고 사는 문제로/ 장님 벙어리 귀머거

리 한세월// 날이 서면/어둠을 베어 자신을 밝힌다"(「초
승」)고 감히 노래하지 않는가. 칼을 가는 손길은 여전하나
그 손끝이 자신을 향했으니 그만큼 아프고 깊어진다는
의미이다. 수행자의 방황으로 "서로 얼싸안고 사는 것이
진짜 공부라는 방편"을 얻었으니 다행스럽다고 할까.

이제 조동례의 시는 수행과 방랑의 길에서 자리를 잡
게 되었다. 그 자리는 바위 꼭대기 암자보다는 한적한 시
골 빈집이 더 어울린다. "세상에서 가장 먼 만행"을 담아
내며 마침내 뿌리 뽑히지 않을 자신을 이번 시집에 담은
것이다. 그 빈집의 위력을 스스로 시를 통해 증명하고자
한다.

그 절대적 세계의 도구가 곧 시이며 시는 바로 현재의
삶을 고스란히 비춰준다. 그만큼 갈고 닦으며 살았다. 선
택의 기회가 있었다면 감행하지 못했을지도 모르는 수행
의 길이며, 시의 길이다. '길 없는 길'을 걸었고 '길을 잃
고' 살았던 세월을 감당하는 것이다. 그 사이에 "떠돌 만
큼 떠돌다보니/ 나도 이제 닳고 닳았다"(「나는 잔뼈가 굵었
다」)고 말하는 능청도 생겼다. 「제비꽃해우소」, 「예말이
오」처럼 시골 생활의 정과 여유를 노래한 시편들을 읽으
면서는 가슴이 서늘해진다.

그의 삶과 시에는 유행을 추종하는 자본주의적 사고와
생활 방식을 철저하게 벗어나 있다. 그의 시에 생존의 고

투가 배어 있으나 걸어온 길 자체가 절대적 세계를 향한 순례였으며 시의 정신을 다지기 위한 탐색임을 우리가 인지해야 할 것이다. 장차 시인의 세계가 얼마나 깊고 여유롭게 확장될 것인지 벌써부터 다음 시집을 기대하는 이유다.

삶창시선

———